Las elegidas

Las elegidas

Primera edición: septiembre de 2015

D. R. © 2015, Jorge Volpi

D. R. © imagen de portada: fotograma de Las elegidas, cortesía de Canana

D. R. © 2015, derechos de edición mundiales en lengua castellana:
Penguin Random House Grupo Editorial, S.A. de C.V.
Blvd. Miguel de Cervantes Saavedra núm. 301, 1er piso,
colonia Granada, delegación Miguel Hidalgo, C.P. 11520,
México, D.F.

www.megustaleer.com.mx

Comentarios sobre la edición y el contenido de este libro a:
megustaleer@penguinrandomhouse.com

ISBN 978-607-313-467-5

Impreso en México/*Printed in Mexico*

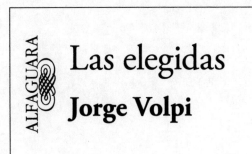

Las elegidas

Jorge Volpi

Para Rocío,
quien me contó esta historia tlaxcalteca

Y aconteció que cuando estaba para entrar en Egipto, [Abram] dijo a Sarai su mujer: he aquí, ahora conozco que eres mujer de hermoso aspecto; y, cuando te vean los egipcios, dirán: su mujer es; y me matarán a mí, y a ti te reservarán la vida. Ahora, pues, di que eres mi hermana, para que me vaya bien por causa tuya, y viva mi alma por causa de ti. Y aconteció que cuando entró Abram en Egipto, los egipcios vieron que la mujer era hermosa en gran manera. También la vieron los príncipes de Faraón, y la alabaron delante de él; y fue llevada la mujer a casa de Faraón. E hizo bien a Abram por causa de ella; y él tuvo ovejas, vacas, asnos, siervos, criadas, asnas y camellos.

GÉNESIS, 12: 11-16

I. La tierra prometida

1

En el principio dios creó los cielos y la tierra
y la tierra era desordenada y hueca
y la luz se abría sobre la faz del abismo
y el espíritu de dios se movía sobre la faz
        de las aguas
y dijo dios sea la luz
y fue la luz.

Una luz blanca, arrolladora,
sobre un cielo infecundo
sin apenas nubes.

Donde el sol desmadeja la tierra estéril
el horizonte emerge como una cicatriz
        o una frontera,
aquí y allá brotan matojos desplumados
        por la resolana,
piedras renegridas, surcos yermos.

Una coralillo asfixia la estrechez de una roca:
dos alacranes se encabritan,
los espolones en ristre.

Y encima de ellos
        la luz.

2

Y al final el Chino suplicó:
no, por tu madrecita santa
—en su boca un maullido y el maullido
        llanto árido—,
Lobato lo oteaba con sus pupilas amarillas
como se otea una tepocata.

El Chino pedía clemencia
mientras el Víbora y el Mayo le rociaban
los sobacos, las ingles, el lomo, los cojones,
Lobato ni oía sus gañidos,
la llama aprisionada en su puño con ternura.

Un culatazo en la mandíbula
y el Chino no bramó más,
la lengua untada a la garganta.

Y fue así como la llama en manos de Lobato
se le desparramó al Chino con su cólera
y pintó sus sobacos, sus ingles, su lomo, sus cojones
con el amarillo del desierto.

3

LETANÍA DE ROSITA A LA MUJER POLICÍA

me dijo lárgate con ese señor de dientes anchos
no temas él te conducirá con la Andrea tu prima
en el gabacho te irá rete bien allá en el gabacho
ahorrarás harto luego volverás o te quedarás allá
con tu prima o con un gringo que te escoja por
bonita por dulce por sumisa así me ordenó acom-
paña a ese señor de dientes anchos un bato igualito a mis hermanos a mis primos a mi padre fuiste
elegida Rosita así me dijo y yo me sosegué y seguí
a ese señor y apenas tuve miedo

4

...si fijas la mirada allá, muy abajito, distinguirás el pueblo en miniatura, las techumbres de lámina y asbesto, ¿ya las viste?, las bardas con las garigolas de las bandas, la arenisca y el chapopote diseminados por las calles, mira bien, como si te alzaras en globo aerostático y se te vinieran encima las casuchas idénticas a las que poblaban esa maqueta con ferrocarriles a escala que armabas cuando niño, sólo que aquí hace siglos que no hay ferrocarriles —ni juguetes—, ahora otea para allá, hacia ese edificio cuadrangular con el patio hundido bajo la resolana, desciende lento y contemplarás a las morritas que brotan apiñadas de la escuela, míralas con sus faldas tableadas, sus blusas blancas, sus suéteres verde bandera, sus coletas, sus carcajadas, mira cómo salen de la escuela dizque a comprar quesadillas, jícamas con chile, gansitos, cazares, papas con valentina, míralas qué sanas, qué robustas, desciende un poco para que avistes sus caderas y sus cinturitas mientras brincan al resorte, manotean por la avenida, se alocan con los galanes de las telenovelas, atisba sus pechitos redondeados, sus pieles café con leche, imagínalas mientras juegan a la roña y se exhiben ante sus compañeros —y ante los varones que como tú las saborean—, tantas morritas en flor, tantas, listas para que te pavonees enfrente de ellas, para que las esculques y las tientes, para que elijas a una, la más dulce, la más bonita, la más tierna, y te la lleves lejos, muy lejos, a la tierra de la leche y la miel...

5

Con su voz canalla el anciano le dice:
lárgate de aquí,
                lárgate cuanto antes,
                        lárgate mientras puedas.

El Chino no distingue sus manos huesudas,
        su cráneo pelado, sus ojillos glaucos,
su nariz de gancho, sus arrugas correosas,
        sus encías de huitlacoche,
lo marea en cambio su olor a estiércol y
        trementina
—su olor a eterno—
y se echa de hinojos,
la cabeza gacha, el sombrero en las manos,
temeroso de su ira.

Y el anciano le dice:
nada hay para ti en esta tierra.

El Chino asiente,
apenas se arrejuntó con la Salvina
y a la Salvina le gusta merendar
con sus hermanas.

Lárgate, truena el anciano
y el Chino musita:
cumpliré con tu palabra, mi señor,
haré como tú mandas.

6

Estos son los nombres de los familiares del Chino
    y la Salvina
que se largaron de Tenancingo,
    muy quedito,
camino de la tierra de la leche y la miel:

Luciano, primo del Chino, y su mujer, la Inés,
la Rosario y la Estrella, hijas de los anteriores,
el Mayo, sobrino del Chino,
y el Víbora, su compadre,
y la hermana del Mayo, la Evelia.

Al llegar al norte se detuvieron en las lindes
    de la anchura,
donde los aguardaba un pollero de ojos desorbitados
    que dijo llamarse el Gato,
el Chino y el Gato acordaron una suma
y la familia del Chino siguió al pollero
hasta un camión de redilas con media sandía
    en el costado.

El Gato les dijo súbanse ya,
y la Salvina y la Inés, la Estrella y la Rosario,
Luciano y la Evelia, el Víbora y el Mayo,

y por fin el mismo Chino,
fueron deglutidos en sus vísceras.

Apelmazados en el muladar portátil,
otros ciegos fantasmas sudorosos
ansiaban cruzar las aguas como ellos
        en voz baja.

El Gato atascó la puerta y la tiniebla se tornó
        más húmeda, más torva:
los fugitivos hacinados
rumbo a la tierra de la leche y la miel.

7

No te enteras,
Chino,
las viejas
te mangonean
y tú ni en cuenta,
la Salvina una serpiente,
su familia de arañas,
y ni hablar de tus sobrinas,
trátalas como se merecen,
para eso las tienes,
para eso son tuyas,
Chino,
son tu única riqueza.

8

Cuando al fin se apearon el Chino le dijo
      a la Salvina:
ahora sé que eres hembra de buen aspecto,
cuando te vean los de estos lares dirán
      su mujer es
y me matarán a mí y te reservarán a ti la vida,
di pues que eres mi hermana,
así me irá bien por causa tuya
y mi alma vivirá por causa tuya.

Y he aquí que los habitantes de esos lares
constataron que la Salvina era hermosa
      en gran manera,
alzaron ante ellos sus fuscas y picanas
y la arrastraron frente al Gringo.

Era el Gringo un varón desvaído y mantecoso,
como suelen ser los varones de estas tierras,
que mascaba el ladino como si se le aguasen
      las palabras.

¿Tu mujer?,
      no, patrón,
mintió el Chino, mi hermana.

El Gringo magreó las carnes de la Salvina
como se saborea el xoconostle,
y el Chino se quedó allí,
en el campo de fresas,
y no enseñó los dientes.

9

Gordas,
jugosas,
dulces,
suaves,
tiernas
fresas.

10

Una vez que el Gringo se vació en la Salvina,
sus varones la arrempujaron con otras veinte
      o treinta hembras
a una covacha de adobes podridos y rejas
        herrumbrosas,
veinte, treinta hembras del meritito Tenancingo
subastadas por sus hermanos o sus padres.

Las otras la recibieron a arañazos
y la asfixiaron junto al excusado:
sobre los mosaicos la Salvina extendió su catre
y durmió esa noche y hartas noches
con el sexo adolorido y las nalgas laceradas.

Al día siguiente
             en punto de las ocho
un varón se la llevó a los campos
donde de nuevo la aguardaba
hambriento
         urgido
           ávido
el Gringo.

11

Cuando el sol deja de azotar el terregal
y la luna desguanza el horizonte
los mojados abandonan la pizca,
las manos llagadas, los sexos ofuscados,
y se lanzan al páramo —así lo llaman—,
una planicie terrosa entre las matas,
se forman uno tras otro en fila india,
      los mojados,
como cuando madrugan en la pizca
o se alinean por su rancho o su estipendio,
      seriecitos, ordenados,
y mientras la luna continúa su senda
      hacia lo alto,
los mojados exhiben sus billetes,
treinta por media hora —cincuenta las tiernitas—,
los varones del Gringo les preguntan
      ésta o aquella,
la Rosa, la Josefa, la Ligia, la Graciela,
o la Salvina o la Inés o la Evelia,
se las confían media hora a los mojados:
los infelices se bajan los calzones
y esperan que las bocas y los sexos
de la Graciela, la Ligia, la Josefa
o la Salvina o la Inés o la Evelia
los liberen del hartazgo de los campos,

el maltrato de los gringos,
la añoranza que les ulcera las entrañas.

12

Aquel día la Salvina fue elegida
por el que se apodaba el Sapo,
oriundo de Guamúchil,
la Salvina lo cogió de la mano
como si fuese torvo y no maligno,
y se lo llevó entre las fresas pequeñitas,
lo miraba sin mirarlo
como si lo conociese de mil años,
como se reencuentra a un hermano
  o a un sobrino,
echó una manta sobre el terregal
—detestaba las boñigas en su falda—
y se encueró como quien ahuyenta
  una mosca,
el Sapo apresó sus caderas y sus pechos
y ella se tendió sobre la manta,
apenas tardó en gozar el Sapo
la Salvina se acomodó las enaguas
—ni un terrón en su vestido—
y se irguió como una reina
mientras el chaparro de Guamúchil
lamía su encono en lontananza.

13

Y he aquí que al poco de su arribo
a la tierra de la leche y la miel,
el Chino y Luciano y el Víbora y el Mayo
fueron acogidos entre los varones del Gringo
y en vez de pizcar fresas como otros
se les encomendó vigilar a las hembras
        y cobrarle a los mojados.

Y he aquí que el Gringo,
en un alarde de bonhomía,
consintió que la Salvina durmiese con el Chino
las noches que él no la reclamaba.

14

…si volaras encima de los campos de fresas —tan
fragantes, tan gordas, tan lúbricas— y te inter-
nases entre los matojos, descubrirías las pieles
encurtidas, los calzones rotos y las blusas hechas
garras, los sostenes desmadrados, los sexos en-
hiestos en los labios o los dedos de las hembras,
los párpados gozosos o entintados con lágrimas
de rímel, y si te acercaras aún más, a escasa distancia de esos anónimos cuerpos al garete, tal
vez percibirías los balbuceos o las maldiciones y
te contaminarías con el sudor rancio y el hedor
a sexo incontinente, y al lado de las fresas, justo
al lado de las fresas suculentas, hallarías un re-
guero de semen y un cementerio de condones…

15

El Chino
cobraba
treinta dólares
por media hora
en el páramo
con la Salvina.

Le daba veinte
al Gringo
y ponía diez
en manos
de la Salvina
cuando ella volvía
a hurtadillas
por la noche.

De regreso
con el Chino
se quedaban así
otra vez los dos,
hermana y hermano,
esposo y esposa,
despiertos en el lecho.

16

AÑOS DESPUÉS EN LA SALINA

El Víbora y el Mayo se escurren bajo los neones
      de Tacos & Chimichangas
y aporrean la puerta de Luciano.

El sobrino del Chino luce ojeras como dunas,
      mofletes descoloridos,
la panza inflada con galones de aguardiente.

El Víbora y el Mayo se adentran en la sala
      resollando:
vienen por nosotros, musita uno,
los pistoleros de Lobato, aclara el otro,
ayúdanos, Luciano, suplican ambos.

El espanto hiede a orines
y de mala gana Luciano los acoge:
pásenle, nomás no me hagan ruido.

Para entonces las greñas de la Inés ya se agitan
      frente a ellos
y con ese tonito que Luciano tanto detesta
      y tanto teme
ella también suelta un bramido,

mientras los ojos de la Estrella y la Rosario
—sus núbiles cuerpitos bajo los camisones—
se asoman por el quicio.

Luciano se lleva al Víbora y al Mayo
           hacia el traspatio
donde almacena las fuscas entre botes de basura,
los gatilleros se apretujan en el cobertizo,
           resollando,
entre municiones y cuernos de chivo.

Cómo se te ocurre, lo increpa Inés con ese tonito
que Luciano tanto detesta y tanto teme,
si los Avenidas los descubren
se los truenan a ellos
                    y a nosotros.

Luciano pega el morro en el visillo,
atisba la renegrida calleja solitaria
y muy quedito le susurra a la Inés:
entonces reza para que no vengan a buscarlos.

17

Muy orondo el Gringo columbró a la Salvina
bajo la resolana de la tarde
abierta como girasol,
paladeó el rocío en medio de sus pechos,
se untó los pulmones con su almizcle
y la arrastró hacia su troca.

El Gringo manejó hasta un motel en medio
　　　　de la anchura,
se quitó las botas, se largó sobre la cama,
los Dodgers perdían —vaya injusticia—
por tres carreras en la sexta.

En la octava el Gringo se rascó la entrepierna,
la Salvina dobló en cuatro su vestido
y se encaramó encima del Gringo
mientras abanicaba el emergente.

Cuando en la novena el Gringo festejó un jonrón,
la Salvina aprovechó para correr al baño
y se lavó una y otra vez
hasta que se le escamaron las encías.

18

Chino,
si te dejas mangonear
por las viejas
cómo no iba el Gringo
a arrebatarte a tu hembra,
una cosa es
andarse por las ramas,
hacerle la barba,
Chino,
y otra dejar que te la baje.

Un poquito de dignidad,
Chino,
no por ellas,
no por las hembras,
por ti mismo,
para que sepan quién eres
y te respeten
aquí
en el gabacho.

19

En esos tiempos todos sentían pavor del Gringo
y cumplían sus deberes dócilmente:
las hembras amanecían tempranito
desayunaban su concha y su nescafé (aguado),
se aclaraban las mechas y salían en fila india
            hacia los campos.

Los mojados se formaban con sus treinta
y aguardaban su turno dócilmente,
los varones del Gringo les arrancaban los billetes,
les decían ésta o ésta o ésta,
los mojados elegían y se aventuraban
            en el páramo
mientras las hembras lamían sus pellejos
            hasta erizarlos.

Agotada media hora
los varones del Gringo sonaban la chicharra,
los mojados se arremangaban los calzones,
las hembras se reacomodaban los vestidos,
y uno a uno volvían a su covacha
            dócilmente.

20

Mala suerte,
el Chino le cachó
veinte
en las enaguas
a una hembra
cuyo nombre ignoraba
—Laura, Viridiana, Margarita—
se le echó encima,
la molió a golpes,
drenó sus partes,
hurgó su sexo,
para sacarle
los veinte,
a ver si aprende.

21

Y aconteció que el Gringo le preguntó al Chino:
    ¿de dónde dices que eres?,
y el Chino respondió de mero Tenancingo patrón,
y el Gringo dijo ¿dónde queda eso?,
    mientras le vaciaba cuatro dedos de sotol,
rete lejos, patrón, respondió el Chino.

Y he aquí que el Gringo le dijo
¿y hay otras así de chulas en tu pueblo?,
el Chino chasqueó la lengua y dijo hartas, patrón,
el Gringo carraspeó y le dijo ¿qué esperas entonces
    para traerlas?,
tú y yo podemos montar un negocito.

Al Chino se le agujerearon los ojos,
usted dirá nomás patrón,
el Gringo sirvió otros sotoles
y brindaron a la salud Tenancingo.

22

El Chino tropieza,
quiebra un vaso,
irrumpe
en la recámara,
balbucea
dame un hijo,
Salvina,
un hijo
varoncito,
tropieza,
se desploma,
un hijo,
dame un hijo.

23

Al Chino se le arrastraba un alacrán
        en la coronilla,
de nada habían servido los chilaquiles picositos,
        las aspirinas con cocacola,
nada le arrancaba el aguijón de la mollera.

Llámale a tu hermana, a la Azucena,
dile que se venga para acá,
que el pasaje yo mero se lo invito.

La Salvina lo escrutaba de arriba abajo,
ora sí te la agarraste larga Chino,
quería decirle pero no le dijo,
su marido se ponía muy loco con la cruda,
al rato le escribo, al rato.

El Chino soltó un manotazo,
agarró a la Salvina del pescuezo
        y la estampó sobre el teléfono,
la Salvina marcó el cero, el cero, el cinco, el dos,
el siete, el uno, el cuatro, el seis, el siete, el cuatro...,
        y quiso colgar en ese instante.

Lástima que el Chino ya había entreoído la voz
    del otro lado
y a la Salvina no le quedó más que balbucir
    quiubo Azucena habla tu hermana.

24

Chino,
tienes que tronártelo,
el Gringo
es un bato
como cualquiera,
sólo si te lo quitas
de encima
serás ley
en el gabacho.

25

¿A esto me trajiste, Salvina?,
        maldijo la Azucena en un círculo de humo,
su hermana le vigilaba las pantorrillas con recelo,
        los ojillos grisáceos, la cintura criminal,
el negro torrente emborronándole la espalda,
        su mohín de telenovela de las cinco.

Bien sabías, hermanita,
buscó aplacarla la Salvina,
me hablaste de los dólares, berreó la Azucena,
no de que me iban a cochar los mismos puercos.

A la Salvina le estorban las palabras
—un atisbo de culpa en el gaznate—:
será nomás un tiempecito
mientras nos largamos con los dólares.

El berrinche a la Azucena no se le bajaba,
y entonces la Salvina le contó de una de Apizaco,
        bronca, frondosa, impertinente,
la tonta quiso fugarse por los campos
        y nadie supo más de ella.

26

...si ahora volaras encima de las fresas —tan suaves, tan gordas, tan maduras—, te toparías con los últimos mojados que se escurren desde el páramo, dos veces fatigados, dos veces abúlicos, sus pasos cansinos de vuelta a las barracas, nada ahítos, apenas satisfechos, y si ahora te lanzaras en picada al otro lado columbrarías a los varones del Gringo, sus pupilas entintadas con el brillo de los dólares, diez, veinte mil, los fajos dispuestos para el Gringo, y si planearas más allá distinguirías los bíceps de Luciano, las patillas y el mostacho negrísimos del Chino, y verías cómo los dos recuentan los billetes, y si te aproximaras todavía más, a un palmo de distancia como para tragarte su aliento, verías cómo el Chino y Luciano otean al Gringo y a los suyos, y acaso sentirías el poso de odio en su entrecejo, los molares que revientan, los nudillos ateridos, el pecho alebrestado y escucharías cómo maldicen al Gringo sin que éste se aperciba, muy orondo el Gringo miserable...

27

Y he aquí que esa tarde de llovizna
el Chino y Luciano aguardaron a que el Gringo
se montara en la troca con la Salvina
y bien calladitos,
                        bien disimulados,
los siguieron de muy cerca,
escurriéndose aquí,
                        escaqueándose allá,
hasta el motel donde solían encamarse.

El Gringo y la Salvina se apretujaron
dos o tres horas de bochorno,
mientras el Chino y Luciano los espiaban
hasta que el Gringo con una mueca de regusto,
y la Salvina con una mueca resignada,
remontaron de vuelta hacia los campos.

Y he aquí que el Chino le espetó a Luciano
        a este bato ahora sí me lo sorrajo,
y al fin mostró los dientes.

28

AÑOS DESPUÉS EN LA SALINA

Dos sombras se escurren bajo los neones
      de Tacos & Chimichangas:
no son el Víbora ni el Mayo,
que acaban de salir del cobertizo,
      resollando,
sino dos Avenidas, dos guarros de Lobato.

La puerta se estremece y los Avenidas se adentran
      en la casa,
Luchito, ¿no nos vas a ofrecer
      unos sotoles?,
la Inés comparece frente a ellos
mientras la Estrella y la Rosario
—sus núbiles cuerpitos asombrados—
deslizan las narices por el quicio.

Los Avenidas se arrellanan,
las fuscas cual descansabrazos,
mientras la Inés pone los caballitos,
¿ahora sí nos vas a decir dónde se esconden?,
      suelta un Avenida como si cantara,
¿dónde se esconden el Víbora y el Mayo?

Luciano lanza entonces un gemido:
vengan para acá, Estrella, Rosario,
y sus dos hijas
      la Estrella, de diecisiete,
            y la Rosario, de quince,
se arrejuntan a su vera
—sus tersos cuerpitos temblorosos—,
mírenlas bien a mis morritas,
¿a poco no están requete chulas?

Se van a ir con estos señores,
ordena Luciano a sus dos hijas,
mientras la Inés gime resignada.

Los Avenidas jalonean a la Estrella y la Rosario
—sus suaves cuerpitos secuestrados—,
las embuten en la troca
y con ellas se adentran en la noche.

29

Esa mohosa noche de tormenta,
el Gringo se apersonó con la Salvina
en el motel en medio de la anchura.

Más, más, más,
croaba el Gringo
más, más, más,
su sexo amoratado.

En la ventana un estertor:
no es nada, Gringo, ni te fijes.

Era la señal desde lo alto,
la Salvina cerró los dientes
arrancó el pellejo
y se acuclilló tras las cenefas
entre el crepitar de los fusiles.

Cuando al fin se hizo el silencio
y la humareda se disipó por las rendijas,
el Chino y Luciano descerrajaron la puerta:
        el cuerpo del Gringo,
tan blanco como un gusano blanco,
flotaba en una marea carmesí
        a la deriva.

30

Antes de que a los batos del Gringo
les llegasen las nuevas de la escabechina,
los varones del Chino los sorprendieron
con sus machetes, sus facas, sus navajas:
ahora el negocio es nomás para nosotros,
los arengó el Chino, colmado de sí mismo,
y ellos le juraron lealtad y lo siguieron.

31

Chino,
no puedo,
Chino,
darte,
Chino,
un hijo.

32

LETANÍA DE ROSITA A LA MUJER POLICÍA

cuando por fin llegamos al gabacho el señor de
dientes anchos ya me había obligado a cochar
con él con cinco diez veinte batos no sabría decir cuál era cuál todos igualitos a mi padre a
mis hermanos igualitos a los otros no retengo
sus caras sólo sus manos sus hartas manos encima arriba adentro de mi cuerpo pero aun así
yo pensaba no es el fin del mundo Rosita todo
pasará es el precio por cruzarte hasta el gabacho
pronto muy pronto estarás con tu prima y ya
no tendrás que pensar en batos de dientes anchos porque al fin habrás llegado a la tierra de
la leche y la miel

33

Yegua vieja,
perra anciana,
grulla renga,
rata tuerta,
coneja abúlica,
hormiga despanzurrada,
cucaracha,

la maldita
es
la maldita

estéril.

II. Los enviados

34

Un sol bermellón
en la salmuera del desierto.

Dos culebras
negruzcas, acaso adormiladas.

El Chino,
más recio, más correoso,

detiene su troca
en medio de la anchura.

No, eso no,
gimotea el Chino,

he hecho cuanto me has exigido,
cuanto me has mandado.

El sol avaro
hambriento de su sangre.

El Chino gime, aúlla, lloriquea,
no me pidas eso.

35

El Chino y Luciano exploran el galerón
protegidos por sus ríspidos varones,
frente a ellos la mole de excusados
entre el hedor a acostones y riñas
tubos abatidos, sillones mugrientos,
la formica mordisqueada por las ratas,
la barra en trozos, los espejos de luto,
los neones derruidos por la ponzoña,
el hirsuto esqueleto de un pájaro
—vano augurio— en el centro de la pista:
perfecto, escupe el Chino, es perfecto,
le vamos a poner El Mantarraya.

36

Un hijo
es lo que quieres,
un hijo,
y yo no puedo,
Chino,
yo no puedo,
pero ahí tienes
nomás
a la Azucena.

37

LETANÍA DE ROSITA A LA MUJER POLICÍA

cuando por fin el señor de dientes anchos me
botó allá por San Ysidro le pedí aventón a un
gringo y me fui directito a buscar a la Andrea a
la dirección que me había dictado por teléfono
toqué a la puerta me abrió un bato igualito a mi
padre a mis hermanos sentí que el pellejo se me
erizaba pero el bato me dejó pasar y me dijo así
que eres la prima de la Andrea se te nota por lo
chula me dio un vaso de agua dejó que me lava-
ra la cara tu prima ahorita no anda por acá me
explicó el bato por qué no la esperas y me llevó
al cuarto de mi prima un camastro una cómoda
un espejo roto una estampita de la Guadalupana y el bato me dijo quédate aquí hasta que
vuelva con tu prima y cerró la puerta con llave
y ya no pude salir más nunca más

38

De maravilla,
¿no, Chino?,
ahora te respetan,
con el Gringo muerto
tú eres el mero mero,
por eso llegó la hora
de probarte,
Chino,
te voy a pedir una cosa,
una sola cosa,
y me la vas a cumplir,
Chino,
por ésta
que me la cumples.

39

...si tuvieras una buena cámara o al menos una de esas que se malbaratan en las tiendas del gabacho ahora tendrías que hacer un paneo o un trávelin, así le dicen por acá, o un plano secuencia, tendrías que deslizar la cámara sin temblar ni tropezarte de un lado a otro del galerón, este almacén que antes estaba colmado de trebejos, y verías qué bien se han empeñado los varones de Luciano, ahora todo el lugar está bien pintadito, los terciopelos sin rajaduras y sin manchas, los espejos abrillantados, la barra reluciente, y detrás un decorado de botellas de colores, bourbon, tequila, sotol, coñac, champaña, la pista nuevecita, recién lustrados los maderos y los tubos de aluminio, qué buen trabajo hicieron los batos de Luciano, cuando el Chino vea la grabación con tu paneo o con tu trávelin o con tu plano secuencia se le van a caer los calzones al pinche Chino, El Mantarraya quedó de lujo, va a ser el antro más visitado del gabacho...

40

Ahora te toca a ti, Luchito,
a ver si eres tan machín como proclamas:
el Chino se aprieta el antebrazo,
dos culebras recién pintadas a cuchillo,
las frescas gotas de sangre en sus cabezas.

Una gringa casi albina
en cuclillas frente al Chino
le rocía alcohol en las culebras.

¿Qué prefieres, Luchito,
coralillos, alacranes,
sirenas, superhéroes,
el nombre de tu vieja,
el de tu madrecita santa?

Luciano arruga la nariz
saboreándose a la gringa:
un halcón con las alas bien abiertas.

Veri nais, dice la gringa,
¿y dónde te lo pongo?

Donde más le duela, gringuita,
suelta el Chino.

41

AÑOS DESPUÉS EN LA SALINA

los Avenidas se escurren bajo los neones
        de Tacos & Chimichangas
y aporrean la puerta de Luciano.

En la troca la Estrella y la Rosario
—sus dolorosos cuerpitos desvirgados—
esperan la orden para bajarse:
ándenles, corran con su papi.

Luciano no se atreve a columbrarlas,
la Inés solloza, las aprieta
mientras la Estrella y la Rosario
se funden en su regazo.

Los Avenidas se relamen:
bien chulas tus hijitas,
igual luego nos damos otra vuelta,
me cae que les gustamos.

42

Cuando se fruncen las estrías de la noche
y las ciudades gemelas se untan con cenizas
los mojados dejan atrás las altas torres
labradas con su sudor y su nostalgia,
los ladrillos, el cemento, los cristales,
la argamasa, las tuberías, las junturas,
y se congregan en las mustias callejuelas
—morenos fantasmas invisibles—
a mascar densas bolas de carnaza
untadas con ese brebaje avinagrado
que remeda el rojo de la sangre.

Una vez las tripas satisfechas,
los mojados cruzan el barrio a trompicones
y se arremolinan frente al Mantarraya,
un hipopótamo abre o cierra la cadena
y deja afuera a los más pusilánimes;
adentro bulle el infierno o el edén,
mil cuerpos que desfilan en escorzo
vestidos si acaso por los neones,
cinturas esculpidas por el hambre,
inconquistables tetas adiposas
serpenteantes en las jaulas de aluminio.

Nadie oye la cumbia, la bachata,
los insufribles, tristísimos boleros,
tras los inocuos vaivenes en los muslos
las uñas se adueñan de las nalgas,
un billete de más en la entrepierna
otorga el paso franco a nuestro origen:
los clientes se abisman en esas rajaduras
como quien echa de menos a los dioses.

43

Gordas,
jugosas,
dulces,
suaves,
tiernas
hembras.

44

Y he aquí que el Chino se adentró sin avisar
     en pleno Mantarraya,
las motas de luz esculpían la pista de baile,
no eran horas de toparse con el Chino,
el patrón solía caerle (si acaso le caía)
     muy de madrugada
para cacharse al Luciano entre dos hembras
o agenciándose a unos batos
        o birlándole unos dólares:
el Chino se hacía de la vista gorda,
se echaba unos sotoles o unas hembras
y se largaba a cochar con la Salvina.

El Víbora dormitaba entre latas de cerveza
cuando el Chino lo picoteó en la barriga:
quiubo, Víbora ¿no que vigilando?,
una pestañita patrón usted perdone,
buzo Viborita, no te vayan a desmañanar
     los Avenidas.

¿Qué lo trae por acá patrón?,
un asunto Víbora, igual tú puedes auxiliarme,
por acá anda la Azucena, ¿qué no?,
sí patrón en el traspatio, ¿se la traigo?

El Chino empujó tres o cuatro puertas
y removió las cortinillas
hasta hallar a la Azucena en un camastro,
los piecitos percudidos,
          las pantorrillas enlazadas,
las nalgas —ah las nalgas—,
más dormida que adormilada,
un almohadón frente a la crueldad
      del mediodía.

El Chino se apoltronó en el camastro,
acarició sus piecitos percudidos,
se puso a lamerlos como perro,
el pulgar, luego el empeine,
el tobillo, la pierna, los muslos procelosos,
o la Azucena dormía como piedra
o se hacía mensa la muy zorra.

Apenas remoloneó la Azucena
cuando la lengua del Chino
se le metió en la entrepierna
y apenas balbució un ay la Azucena
cuando el Chino se le desparramó
      entre los labios.

45

AÑOS DESPUÉS EN LA SALINA

un Avenida se escurre bajo los neones (apagados)
        de Tacos & Chimichangas
y aporrea la puerta de Luciano.

¿Y ahora qué te traes?,
le espeta Luciano,
nomás vengo a advertirte,
se escurre el Avenida,
me la juego por la Estrella.

Te prohíbo siquiera que la nombres,
lo zarandea Luciano alebrestado.

No entiendes, relincha el Avenida,
el Lobato va a tronarse al Chino y a los suyos,
no dejará un solo man para contarlo.

Lobato dio la orden
de navajearles las cabezas,
de tasajearles los testículos,
de empalarlos por el culo,
de cocharse a sus esposas y a sus hijas
para luego también descabezarlas.

Así que te me largas esta misma noche
con tu vieja, la Estrella y la Rosario,
los cuatro bien calladitos, bien escarmentados,
sin volver la vista atrás.

46

Qué fiebre
la del Chino,
se vino al Mantarraya
sin decirle nada a nadie,
se internó
por los corredores
hasta el cuartito
donde despachaba
la Azucena,
la encontró de rodillas
frente a un negro inmenso,
un culatazo
por la espalda
le dio el Chino
al negro inmenso,
y allí merito
sin más,
se cochó
a la Azucena:
qué fiebre
la del Chino.

47

LETANÍA DE ROSITA A LA MUJER POLICÍA

los hombres son perros sin bozal perros sin sesos
perros a los que domeñan sus instintos perros
que a la primera se te enciman perros calleje-
ros perros encabritados perros siempre en celo
perros insensibles perros que te lamen te muerden te babean perros que te celan te enclaustran
te amilanan perros que nomás ven a otra se le
enciman perros rabiosos perros salvajes perros
gachos perros maloras perros que se van con la
primera perros que vuelven con el rabo entre
las patas perros que te olisquean que te marcan
perros que te orinan perros que no aprenden ni
una gracia perros que vomitan y se tragan sus
vahídos perros sordos perros mudos perros que
ladran perros que muerden perros insensibles
perros sin amo perros

48

…si deslizaras tu cámara a través de los muros
de El Mantarraya, accederías a un cuartucho
más grande, más siniestro, sin clima y sin venta-
nas, aislado como esos estudios de radio tapiza-
dos con lajas de corcho, sólo que aquí de corcho
nada, apenas las desnudas paredes cochambro-
sas, un par de camastros, la agónica espera de
las hembras, y si estuvieras allí podrías iniciar
con un close-up de los rostros pintarrajeados y
las pestañas postizas, pasarías luego a un plano
americano, eso que los sabihondos llaman un
plano americano, y enseñarías los torsos, los pechos, los ombligos, los vientres planos, y descubrirías que es el mejor día del mes, el día que los
varones del Chino y de Luciano tanto ansían,
el día en que llegan las nuevas y el Mayo las
concentra en el antiguo almacén de los trebejos, cuatro, cinco hembras a lo mucho, niñas de
doce o trece años, hermanas, primas, sobrinas
de las veteranas, el mejor día del mes, qué duda
cabe, todos celebran impacientes porque estas
morritas han sido resguardadas, porque han sido protegidas a lo largo del camino, porque no
han conocido varón y apenas hoy van a cono-
cerlo, y si siguieras con tu cámara atestiguarías

la intempestiva llegada del Chino y de Luciano con su horda de varones, una fila que sigue la estricta jerarquía, primero el Chino, luego Luciano, luego el resto, las morritas no saben, no intuyen lo que se les avecina, quizás por eso apenas chillan, ronronean, y allí estás con tu cámara dispuesto a inmortalizar este momento, allí están ya el Chino y sus varones, enfócalos bien, no vayas a perderlos, las recién llegadas se apretujan, niñas que a partir de hoy serán casi niñas y en una semana veteranas ya como las otras, y si estuvieras allí con tu cámara distinguirías en medio de todas esas hembras a la joya más preciada, la más dulce morrita de este cargamento, ese primor de ojos verdes y senos todavía diminutos, esa recién llegada a la que las otras envidian en secreto, esa morrita que está a punto de serle entregada al Chino, Chabelita dicen que se llama, recuerda bien su nombre, Chabelita...

49

Chino
¿no
sabes
lo
que
quiero?

Quiero
que
me
des
lo
que
más
quieres.

50

En la pantalla una gringa lagrimea
                    frente a millones,
el Chino entretanto hace cuentas,
con su caligrafía de párvulos anota cada cifra,
qué buen administrador nos salió el Chino.

Muy concentrado en sus billetes ni se entera
cuando la Azucena se escurre en el despacho
en tanguita y aroma a melón fresco.

La Azucena lame el cuello del Chino
y al Chino la carne se le pone de gallina,
                    no así el ánimo:
¿qué te piensas, nomás por lo rico que cochamos?,
baja con los clientes, no me andes distrayendo.

A la Azucena se le colorean los cachetes
y aprieta las muelas tras los labios repintados.

Y he aquí que la Azucena coge la mano del Chino
y se la lleva directo a la barriga: ¿sientes?
¿qué voy a sentir?,
                    a tu hijo, Chino, a tu hijo.

51

Se encueran las hembras sin tapujos
como una familia que en medio de la ruta
descubre un riachuelo y se zambulle
sin reparar en el frío o los mirones,
sus nalgas se pasean presurosas,
sus pechos liberados e insumisos,
como si las dejaran otra vez a solas
bajo las oxidadas duchas de sus madres,
intercambian los jabones y las toallas
corteses, delicadas, juguetonas,
las más pícaras se restriegan mutuamente
las axilas o inundan con espuma sus mechones:
un milagroso remanso de ternura
—de insólita, fraterna convivencia—
entre esclavas que compiten por salvarse.

52

LETANÍA DE ROSITA A LA MUJER POLICÍA

el primero fue ese al que le decían el Chino el
jefe de jefes el mero mero recuerdo sus manos
de azadón sus cejas campesinas su nariz quebra-
da él tenía así como el privilegio de probarnos a
las nuevas me echó contra la pared y yo apenas
sentí nada excepto el vago rumor de la impo-
tencia luego vinieron los otros su sobrino sus
primos sus hermanos su familia mi cuerpo no
era ya mi cuerpo sino una escoria un desecho
ni odio sentía si acaso vergüenza aunque la vergüenza pronto aleteó como buitre más bien una
pesadez como cuando una corre sin denuedo o
como cuando a una la quiebra el sol del desierto
sin resguardo un vacío una fiebre una derrota
luego el Chino se largó y se largaron también
sus primos sus sobrinos sus hermanos y me de-
jaron sola muy sola hasta que mi prima Andrea
llegó a resucitarme

53

Una a todo se acostumbra,
a encuerarse delante de las otras,
a una concha tiesa y un nescafé (rascuache),
a las prisas de los vigilantes,
a la mala leche de los vigilantes,
a pasar largas horas sin un cliente
      mascándote las uñas,
a hojear revistas achacosas,
a Angelina Jolie y Julia Roberts
      maceradas en semen de tres días,
a que llegue el primer cliente,
si te va bien un anciano melindroso
o un galancín que prueba a conquistarte
      con sus piropos y sus chistes,
la de malas un bato que te parte la nariz
      si no le gustas,
te acostumbras incluso a la espera,
      la densa espera pegajosa,
casi peor que el tumulto de los cuerpos,
a no distinguir una piel de otra
      ni un olor de otro,
a casi no distinguir el regusto de la pena,
a mordisquear unos tacos entre clientes,
a emborracharte desde que despunta el alba,
a bailotear entre los espasmos de la coca,

a enseñarles tu ano bien abierto
a los gentiles caballeros que hoy nos acompañan,
a flotar levemente en marihuana,
y, lo peor de todo,
a consolar a los que lloran.

54

Muy oronda balancea la Azucena
su incipiente barriguita
cual trofeo de caza o BMW del año,
le dan náuseas y se acuesta,
remolonea hasta las cuatro,
se lima las uñas o le chupa la sangre
            a una telenovela
en la cuarenta pulgadas que le regaló el Chino
para compensar sus rasgaduras,
no barre, no sacude,
muy digna la Azucena,
su barriguita de salvoconducto,
no plancha, no lava, no se empuerca,
pobrecita con su gravidez y sus mareos,
sólo la Salvina no la aguanta
y cuando la floja no alza ni su plato
la azota a mano limpia,
la Azucena no llora más bien ruge,
la Salvina en cambio no se frena
y le asesta una cachetada más sonora.

55

AÑOS DESPUÉS EN LA SALINA

Luciano enfunda un hato de papeles
facturas, recados, hojas de cuenta,
listas con nombres y más nombres
      —miserable pasaporte—
al lado dos maletines con billetes
y al fondo una automática.

Cuando la Inés se cuela en su despacho
lo sorprende enloquecido,
¿qué haces, Luciano?,
          tenemos que largarnos
mujer, haz pues lo que te ordeno:
los varones de Lobato vienen por nosotros
nos quedan ya muy pocas horas.

La Inés se larga por sus hijas,
la Estrella y la Rosario
—sus anémicos cuerpitos lastimosos—,
Luciano almacena las fuscas entretanto,
recuenta los cartuchos, aceita las AK-47
y se muerde la lengua hasta sangrarse.

56

Quiero que se largue:
la voz de la Salvina se estrella en
      la techumbre,
nomás acabe el parto.

El Chino no la contradice,
sabe que la Azucena es el demonio,
que esa hembra lo embrutece:
en cuanto le entregue al chamaco
se me regresa a Tenancingo.

57

Eso
es
justo
lo
que
te
exijo.

58

AÑOS DESPUÉS EN LA SALINA

la Inés apelotona blusas, faldas, zapatillas,
cuanto rescata y colma las alforjas,
cadenas, anillos, pulseras conquistadas
en la diaria refriega con los hombres.

Atrás quedan sus zapatos de aguja,
sus abrigos invernales,
la imagen de la Guadalupana,
la casa medio hueca,
su vida respetable,
su dignidad efímera.

59

...si ahora volaras con tu cámara y te alzases por los aires distinguirías allá abajo una manchita o una sombra que se escurre entre la telaraña de cemento, y si te acercaras más columbrarías dos trocas que marchan de norte a sur —de norte a sur, vaya locura— por la vía que conecta esos dos terregales divididos por la raya, ese norte donde el Chino y los suyos prosperaron gracias a su tesón y a su valía, y ese sur maltrecho, apelmazado, que los prohijó por mala suerte, y si ahora planearas más cerquita de las trocas acaso contemplarías las siluetas del Chino y la Salvina y, acurrucada en el asiento trasero, la Azucena, los tres emprenden ese trayecto equivocado, ese camino inverso al de millones, la Azucena, fíjate bien, suda a chorros, su carita es un pantano, el rímel inunda sus mejillas por los rodillazos que le propina el infeliz hijo del Chino en la barriga, la familia inverosímil retorna por unos días al erial que sin resquemor abandonaron, ese yermo donde nadie progresa y nadie avanza, ese nido de serpientes donde a la primera te traicionan o te esquilman, los tres se dirigen al sur, hacinados en el bochorno de la troca, dispuestos a infringir las leyes de la lógica y volver a ese barrizal sólo porque el Chino, el Chino loco, está empeñado en que su hijo —no duda de su sexo— nazca en la maldita tierra de su padre...

60

Desde que arribaron al gabacho
cruzando a rastras el desierto
el Chino y Luciano repartieron las labores,
a fin de cuentas eran familia,
mi sobrino queridísimo,
repetía el Chino con orgullo,
dándole un zape en la mollera.

El tiempo empero todo lo desdora,
amores, acuerdos, amistades,
enfrenta a las familias más unidas,
una vez abierto El Mantarraya,
consolidados los negocios,
el tránsito de hembras engrasado,
la policía de San Diego untada con prudencia,
Luciano empezó a sentirse muy gallito,
se encontró con el Peña y con el Garza
y negoció al margen de su tío.

Nomás eso me faltaba Lucho,
lo mejor es separarnos
ahora que todavía —todavía—
nos queda algo de confianza:
nos dividimos el mercado

yo me quedo aquí en San Diego
y tú te vas a La Salina.

No creerás Chino que yo, jamás yo.
evitemos las mentiras pinche Lucho,
sé que dialogaste con el Peña y con el Garza,
sí Chino para que no transaran con Lobato,
para lo que diosito juzgue y mande
       pero nada me dijiste,
lo hecho hecho, somos familia,
nomás que de aquí en adelante
cada uno por su lado.

A regañadientes aceptó Luciano
y en compañía de su familia,
de la Inés mal encarada,
de la Estrella y la Rosario
—sus sosos cuerpitos vagabundos—
emprendió el camino rumbo a La Salina,
esa nueva tierra prometida.

61

En la Clínica del Espíritu Santo
de Tijuana,
en un quirófano impoluto
resguardado por seis guaruras
con sus cuernos de chivo,
amparado por Nuestro Señor
y la Santísima Virgen de Guadalupe,
a las 12:34 del mediodía
—una ráfaga de sol en los mosaicos—,
pesando tres kilos con doscientos gramos,
la testuz emborronada de pelusa,
las manitas regordetas
acaso ya embusteras,
nació un varoncito
—los ojos de su padre cual tizones—,
y a las dos en punto de la tarde
un cura amigo
lo bautizó como Ulises
y salvó su alma del infierno.

62

Ya tienes
lo que querías,
Chino,
tronó la Salvina,
llegó la hora
de mandar
a la Azucena
de vuelta
a Tenancingo.

63

Así ha sido por los siglos de los siglos,
los padres lo enseñaron a sus hijos,
los hijos a sus hijos y éstos a sus nietos,
una razón tan antigua como el mundo:
cuando una madre engendra una morrita
la piedra del tiempo se renueva
—Tenancingo cumple su ley inexorable—,
la hembra habrá de servir a los varones,
aprenderá a ser dulce y abnegada,
a coser y a desvenar los chiles,
a obedecer a sus hermanos y a sus primos,
a ofrecerse a sus hermanos y a sus primos,
a saciar las ansias de su padre,
a preservar el silencio sacrosanto,
luego vendrán otros varones,
vecinos, parientes, turistas, visitantes,
los que pagan y los que aceptan un regalo,
así es desde el principio de los tiempos.

64

Te me largas Azucena
al despuntar la aurora
de vuelta a Tenancingo,
allá te recibirá el primo Eusebio,
cuidará de ti,
te hará sitio en su rancho,
mes a mes sin falta
recibirás tu estipendio,
nada te faltará Azucena,
olvidarás que viniste hasta el gabacho,
que aquí nos arrejuntamos
en medio de la fiebre y de la cólera,
que casi nos quisimos,
que juntos tuvimos un chamaco
que nunca te llamará madre,
lo olvidarás también a él,
su rostro se te perderá en la polvadera
igual que sus manitas y su aroma,
en el rencor que aún me guardes,
acaso encontrarás otra vida,
otro hombre que te cuide allá en el pueblo
sin la maldición de este nosotros.

65

AÑOS DESPUÉS EN LA SALINA

Luciano, la Inés, la Estrella y la Rosario
—sus flacos cuerpitos presurosos—
se escurren entre los neones
          de Tacos & Chimichangas.

No miren para atrás,
ordena Luciano,
la Estrella y la Rosario
—sus fútiles cuerpitos invisibles—
por una vez obedecen a su padre.

Tan respondona como siempre,
la Inés no resiste en columbrar
por un segundo su pasado.

En ese mero instante una bala
—una insípida bala silenciosa—
lenta como una lenta ráfaga de aire,
le entrampa el ojo izquierdo
y se adentra en lo hondo de su cráneo.

Mientras Luciano, la Estrella y la Rosario
—sus ateridos cuerpitos sin memoria—

se refocilan entre la penumbra,
la Inés se queda allí,
      sola,
         muda,
            aterida,
como un montículo de sales.

66

LETANÍA DE ROSITA A LA MUJER POLICÍA

Alfonso Camargo creo que era su nombre aunque todos lo apodaban el Chino el resto se le cuadraba hasta su sobrino temblaba al oírlo todos lo obedecían o se atenían a las consecuencias sólo la Salvina parecía más jefa que el jefe ella también era de Tenancingo también había sido vendida por sus padres y sus hermanos decía querernos comprendernos cuando estaba de buenas nos traía regalos que una joyita que una tanga que unas toallas sanitarias como si fuera muy buena quizás porque se acordaba de otros tiempos pero si no le dabas la razón la Salvina se te echaba encima a la primera nada peor que andar mal con la Salvina hasta los jicarazos del Chino o de Lucho eran mejores que su ojeriza ella podía despellejarte arrancarte los ojos se decía que era la más dura la más gacha cuando la Azucena se le metió entre las piernas a su marido la Salvina no chistó en refundirla en Tenancingo igual pasó con la Chabelita una hembra de catorce o quince años la Salvina la acogió como a una hija la protegía la cuidaba pero cuando una noche la Chabelita se brincó la reja y se echó a correr como una loca la Salvina fue la primera en cachetearla luego le hizo una mueca a los varones del Chino y nunca más supimos de ella

III. El sacrificio

67

La luz homicida
apuñala una troca serpenteante
en el amarillo del desierto.

Adentro el pánico del Chino
se confunde con el pánico de Ulises,
de entre sus hijos
*   su hijo más querido.*

68

Los neones de Tacos & Chimichangas
supuran en silencio
ni rastro queda ya de Luciano,
la Estrella o la Rosario.

De la vieja casona
sólo los desmantelados cuarterones,
no hay cristal que no se raje,
madero que no se despostille,
rincón donde no supuren orificios
en el humo macerado con la noche.

De Luciano, la Estrella y la Rosario
—sus torvos cuerpitos enfangados—
apenas un aroma a queroseno,
un calor vivo entre las brasas,
el relámpago fugaz de la derrota.

Los Avenidas imprimieron una gigantesca *A*
        en los portones,
Lobato se ufanó por allí de madrugada
—estirpe de bandolero, rasgos de cura—
y ordenó no dejar piedra sobre piedra.

Luciano, la Estrella y la Rosario
se afanaron por el desierto hacia la anchura
proscritos del contacto con los hombres.

69

Es fácil,
lo encañonas
como a tantos,
le metes la fusca
en el hocico
—su hocico traidor—
y aprietas el gatillo,
verás qué fácil,
así nomás
lo enmudeces.

70

Uno de esos atardeceres enfangados
cuando los nubarrones se mecen sin denuedo
el Chino salió a fumarse un cigarro
en el traspatio del Mantarraya,
sólo con su alma y su cigarro
—las volutas ascendían en secreto—,
justo en ese mínimo descuido
los varones de Lobato se le vinieron encima,
lo encapucharon, lo encajuelaron,
y en un santiamén se lo llevaron a la sierra.

El jefe de los Avenidas le contó una historia,
una fábula con su moraleja edificante,
luego lo dejó en manos del Cachorro,
el infeliz le atoró la nariz y las costillas,
le zarandeó las tripas a patadas
y en un acto de gracia o de soberbia,
ya apercibido de quién manda,
lo dejó arrastrarse como un perro.

71

LA FÁBULA DE LOBATO

había una vez una morrita a la que le decían
Ricitos, y resulta que la morrita se da un paseo
y se topa con una cabaña en medio del bosque
y no se le ocurre otra cosa que meterse en la
cabaña sin importarle si tiene dueño, sin ima-
ginarse que una familia de osos la habita, y allí
va Ricitos como si nada, se sienta en el sillón de
la familia Oso, se come la comida de la familia
Oso, se acuesta en la cama de la familia Oso,
así nomás como si fuera la dueña, pero cuando
vuelven los osos olfatean un tufo extraño, un
hedor a carne humana, alguien se sentó en mi
sillón, dice papá Oso, alguien se comió mi comida, dice mamá Oso, alguien se acostó en mi
cama, dice el Osito, entenderás que si yo fuera
papá Oso obligaría a Ricitos a que me pagara
el sillón, la comida, la cama, si Ricitos se me-
tiera en mi casa sin permiso, se apoltronara en
mi sillón, se tragase mis chimichangas no me
quedaría de otra que obligarla a pagar, la morrita tendría que aprender a respetar lo que es de
otros y yo no descansaría hasta que esta lección
se la aprendiera de memoria

72

Cuerpos sólo cuerpos,
no sienten, no distinguen
alma alguna en sus entrañas,
cuerpos de hembras, de varones,
frágiles, idénticos, intercambiables,
uno puede abrirlos en canal,
ensangrentarse con las vísceras,
manosear el corazón o los riñones,
arrancar los ojos de las órbitas,
lacerar sus anos o sus sexos
sin sentir nada en absoluto:
cuerpos sólo cuerpos.

73

Mientras huían en el vaho del desierto,
acechados por el pavor y por la helada,
heridos por las alimañas y el recuerdo,
Luciano y sus dos hijas, la Estrella y la Rosario
—sus lentos cuerpitos entintados—,
se guarecieron en un mugriento cobertizo,
quién sabe qué demonio los arrebataría,
la aciaga cercanía de la muerte o la derrota,
el dolor incandescente, las magulladuras
del alma o la imagen imborrable de la Inés
convertida en un montículo de sales,
las meras ansias de calor o la ternura,
los tres, Luciano, la Estrella y la Rosario
—sus abruptos cuerpitos vulnerados—
yacieron juntos en el frío de la anchura,
embriagados, ateridos, sin consuelo,
palpándose como quien se arranca el cuerpo.

74

Ora sí que se la hicieron, susurra el Mayo
mientras el Chino se relame las heridas,
tendido en un camastro de El Mantarraya,
el tórax entre toallas remojadas,
los párpados negruzcos, la nariz de santocristo,
si pudiera reírse el Chino se reiría,
sus belfos apenas dibujan una mueca.

Para qué negarlo, Mayo, el Lobato nos la hizo,
jamás creí que fuera a venir acá en pleno día,
el miserable me puso estas condiciones:
que El Mantarraya y el garito de Luciano
le paguen un diezmo a la semana,
un porcentaje por los campos,
otro por cada hembra que traigamos.

¿Y qué vamos a hacer patrón?,
pues no queda de otra que pagarle
        mientras nos recuperamos,
al menos ahora sabemos algo que antes
        no sabíamos.

¿Ah, sí, jefe?,
        sí Mayo algo de veras importante:
Lobato tiene un hijo, le dicen el Cachorro,
        y el Cachorro es la niña de sus ojos.

75

La Salvina quiso creer
que el Ulises
era su hijo:
si no lo amamantó,
guió cada uno de sus pasos,
lo educó
hasta donde una hembra
como ella
podía amaestrar a un verraco
como ese,
le cortó el pelo y las uñas,
le cambió los pañales,
le limpió el culo,
pero algo muy adentro de ella
la prevenía,
más que travieso
Ulises era malora,
de esos que esconden
la mano,
de esos que mascullan
por lo bajo,
de esos que dicen una cosa
y piensan otra,
desde chiquito el Ulises
se las gastaba,

el Chino cerraba los ojos,
así somos los Camargo,
y el morro crecía
en su negrura,
se hacía más recio, más bronco,
más salvaje,
y la Salvina
se lamentaba en el corazón
de que el hijo de la Azucena
fuera ahora hijo suyo.

76

LETANÍA DE ROSITA A LA MUJER POLICÍA

llegó un día en que todas andábamos igual de asustadas se decían cosas tremendas bien terribles que el Chino se había metido en quién sabe qué malos tratos que Luciano andaba prófugo que a la Inés le habían reventado el cráneo al huir de La Salina que había unas como batallas y que nosotras seríamos las víctimas de esas batallas que el tal Lobato vendría por nosotras nos arrancaría los cabellos nos empalaría nos sacaría los ojos porque el Chino ya no tenía el mando que los Avenidas eran peores que demonios que la vida se nos había acabado y no nos quedaba de otra más que aguardar lo peor algo más cruel más humillante más tremendo que cualquier cosa que el Chino y su familia nos hubiesen enseñado

77

...si ascendieses todavía más alto que otras veces, más alto que nunca, y tu cámara tuviese una visión de rayos infrarrojos —de esos que aparecen en las películas de detectives y agentes secretos—, distinguirías una panda de hormiguitas en la penumbra, unos insectos en fila india reptando hacia una covacha en La Salina, una como marabunta que se adelanta poco a poco, avanza, se apertrecha, y si tu cámara de rayos infrarrojos fuera muy potente verías que delante de la columna marchan el Víbora y el Mayo, ni más ni menos que el Víbora y el Mayo provistos con sus fuscas y sus cuernos de chivo, y acaso te apercibirías de que en el interior de la covacha, por dentro más bien un búnker, se hallan ni más ni menos que los varones de Lobato, unos juegan a las cartas, otros fuman, otros cochan con dos gringas, otros miran la serie mundial como si entendieran de estráics y de pichadas, y si te aproximaras todavía más —ni por asomo te lo recomiendo—, estarías allí cuando los varones del Chino comandados por el Víbora y el Mayo empiezan la balacera, el zafarrancho, ahora nada se distingue en el caos, todo son explosiones, aullidos, explosiones, humaredas color sangre tan raudas, tan inciertas, y luego nada más que el silencio y en medio del silencio el Víbora y el Mayo hacen un recuento de las bajas, se introducen en la covacha que por dentro luce como un búnker, sus varones apelotonan los cadáveres en busca de una cara, la única cara que persiguen, la única que importa, sólo que no la encuentran, no está allí, la jeta de Lobato no se halla entre los muertos, en cambio, echado hacia atrás sobre una troca, alcanzado por las balas cuando se aprestaba a escamotearse, despunta el cuerpo del Cachorro, la niña de los ojos de Lobato...

78

Nunca algo semejante
patrón,
mientras el Lucho
huía con sus hijas,
la Estrella y la Rosario,
los tres,
cómo decirle
patrón,
los tres,
al mismo tiempo,
los tres,
enroscados,
arrejuntados,
encuerados
como cerdos
hozando en el mugrero,
el Mayo
no pudo resistirlo,
patrón,
usted tiene que entender,
patrón,
los vio allí a los tres,
enroscados,
arrejuntados,
encuerados,

hozando como cerdos,
y los regó de balas
patrón,
usted tiene que entenderlo,
nadie en su juicio
soportaría,
toleraría,
a los tres,
un padre
y sus dos hijas.

79

Gordos,
jugosos,
dulces,
suaves,
tiernos
cuerpos.

80

Otra vez
te equivocaste,
Lobato
se te fue
de las manos,
te quebraste
en cambio
al Cachorro,
Lobato
jamás
olvidará,
jamás,
a su hijo muerto.

81

Y he aquí que el Chino le espetó a la Salvina
     y a Ulises, su hijo más querido:
el Víbora se los llevará para Tijuana
en lo que hallamos a Lobato.

No me voy, aquí están mi vida y mis amigos:
a sus catorce Ulises ya era un venadito.

El Chino se lo agarró a cuerazos,
en vano la Salvina se volcaba a contenerlo,
y mientras la madre restañaba sus heridas,
Ulises masculló un día de estos me las paga.

82

TESTIMONIO DE LA MUJER POLICÍA ANTE SU JEFE

…semanas recabando testimonios, sheriff, he hablado con los vecinos, con los jornaleros ilegales y con una de las mujeres prisioneras, una chica de diecisiete, no tengo dudas, tiene que verlo usted mismo, sheriff, son niñas, trafican con niñas desde México, desde un lugar llamado Tenancingo, las mantienen encerradas y las obligan a entregarse a los inmigrantes aquí mismo, no son prostitutas, sheriff, entiéndalo, si intentan escapar las golpean o las matan, son mercancía, el último eslabón de una cadena, un negocio de millones, y la red empieza aquí, justo aquí, en los campos de fresas del sur de California…

83

Cuán poco queda ya del Mantarraya:
el Chino y los varones que aún lo siguen
se han mudado a un changarro en La Salina
donde antes regía el innombrable de Luciano.

Más turbio, más siniestro, más rascuache,
El Caminero a duras penas se sostiene:
las hembras no son como las de antes,
se quejan los que todavía lo frecuentan.

Más gordas, más ajadas, menos disponibles,
ellas se han acostumbrado a la derrota
mientras el Víbora y el Mayo se mascan las uñas
pendientes noche y día de la puerta.

El Chino se abandona, fuma, desespera,
mientras Lobato siga vivo no tendrá reposo:
un hijo muerto sólo se paga con otro hijo,
no le da paz que el suyo esté en Tijuana.

84

Poco ha cambiado allá en los campos
de fresas: al atardecer los mojados
peregrinan con su sed y su morriña,
entregan su estipendio a los varones
del Chino, eligen a las más tiernitas,
es decir a las menos estropeadas,
a las menos aguerridas, se adentran
en el sitio que llaman el páramo,
se desabotonan, se descamisan
y esperan que los sexos de las hembras
adormezcan sus horas de miseria.

85

Y he aquí que cada semana el Chino se montaba
        en la troca
y escoltado por el Víbora y el Mayo
se lanzaba a través de la raya hasta Tijuana.

El miedo le rezumaba en el gaznate
mientras pateaban por la anchura
hasta la ranchería donde la Salvina y Ulises
se aburrían entre la tele y los matojos.

Y he aquí que esa noche empalagosa
encontró sola a la Salvina
bordando un mantelito frente a la pantalla.

¿Dónde está Ulises?,
            la zarandeó el Chino,
se largó con sus amigos a una fiesta,
al venadito una ya no lo mangonea.

El Chino se lanzó a la fiestecita,
se apersonó con la fusca en medio de la banda,
jaló a Ulises de las orejas —literalmente las orejas—
y lo devolvió a la ranchería a coscorrones.

86

No entiendes nada,
Chino,
das la vida
por el morro
como si el morro
fuese un corderito,
temes que Lobato
cobre su venganza,
Chino,
sin darte cuenta
de que tu enemigo,
tu mayor enemigo,
no es Lobato,
Chino,
sino tu hijo
más querido.

87

LETANÍA DE ROSITA A LA MUJER POLICÍA

y resultó que al final el tal Lobato ni vino por
nosotras supongo que no le importábamos qué
más daban unas infelices y empezó entonces
una época distinta un tiempo como de espera
de resabio no sé ni cómo describirlo por fuera
nada se meneaba seguíamos cochando con los
varones que aún nos maltrataban pero hasta los
golpes los abusos se hacían así nomás sin con-
vicción y con desgana como si todos presintiéra-
mos que el Chino estaba a punto de enloquecer
o de marcharse como si todos supiéramos que
el final estaba cerca muy cerca de alcanzarnos

88

...y si ahora sobrevolases encima de los campos, siempre provisto con tu cámara, te sorprendería un espectáculo insólito, un show nunca antes visto, por el norte y por el sur, por el este y el oeste, una columna de patrullas, coches policía con los costados blanquinegros rodean los campos de fresas, los avizoran, los cercan, los auscultan, y a continuación distinguirías a los uniformados acechando a los varones del Chino, amagándolos, encañonándolos, tirándolos al suelo, y comprobarías una vez más el carácter mudable y traicionero de los batos que se rinden sin apenas resistencia, abandonan las fuscas y los cuernos de chivo y se echan al suelo mientras los uniformados los cachean, insólito espectáculo, los uniformados se adentran en los campos, ese sitio al que llaman el páramo, y en medio de aquel cementerio de condones encuentran el cadáver de una hembra...

89

Niñas
amordazadas,
niñas
desvirgadas,
niñas
torturadas,
niñas
enloquecidas,
niñas
esclavizadas,
niñas
sodomizadas,
niñas
agujereadas,
niñas
mutiladas,
niñas
aniquiladas,
niñas
derruidas,
niñas
calcinadas,
niñas
enterradas,
niñas

olvidadas,
niñas.

90

La voz del anciano se amplifica
en los rocosos desfiladeros de la anchura,
ya no es una voz sino un sembradío
de voces que desfloran los oídos:

traidor, traidor, traidor, traidor.

Jamás llegarás a controlarlo, te apuñalará
por la espalda, venderá tus entrañas
por treinta monedas, te apedreará
frente a tus verdugos, mancillará tu nombre:

traidor, traidor, traidor, traidor.

Sabes que Lobato le puso precio a su cabeza
y a la tuya, si quieres sustraerlo a su venganza
le abrirás camino a su rencor, negociará
tu entrega y te descubrirás en manos de Lobato:

traidor, traidor, traidor, traidor.

Si tú mismo no lo aniquilas será el fin
de tu vida y tu fortuna, la voz del anciano

se filtra como un torrente de mierda
por las resecas cavidades de su cráneo:

traidor, traidor, traidor, traidor.

91

Se desmorona el imperio del Chino
como se hunden todos los imperios:
te entrampa un enemigo venenoso,
te vulnera con su guerra de guerrillas,
resistes con tus postreras fuerzas
en memoria de los idos: en vano,
lo nuevo ha de sustituir a lo viejo,
quienes antes te temían hoy saborean
tu derrota, tus aliados te escamotean
las vituallas, venden caro su silencio,
te pertrechas confiado en que tu fama
te resguardará de los bárbaros, en vano,
ellos se saben más crueles, más fieros,
más diestros que tus mercenarios
mal pagados, en nadie ya confías,
ni en tus lugartenientes, eres el insecto
que cualquiera aplasta en la batalla,
el asedio te enflaca, te envilece, nada resta
de tu imperio poblado de fantasmas
y de yeguas, imposible que lo salves
aunque te plantes como esos farallones
de arena frente a la rabia de las olas.

92

Maneja el Chino su troca hacia Tijuana:
los molares apretados, el corazón ennegrecido.

Maneja el Chino su troca hacia Tijuana:
la imagen de un niño que corre a sus brazos.

Maneja el Chino su troca hacia Tijuana:
la fusca con una bala solitaria.

Maneja el Chino su troca hacia Tijuana:
la sangre de su sangre en la mirilla.

Maneja el Chino su troca hacia Tijuana:
resignado a cumplir con su palabra.

93

LETANÍA DE ROSITA A LA MUJER POLICÍA

le agradezco de veras le agradezco cuanto ha hecho por nosotras no crea que no se lo agradezco
pero ahora qué nos va a pasar aunque detengan
al Chino al Mayo al Víbora a cada uno de esos
batos hay muchos que los siguen los conocen
y nosotras qué dígame qué imposible volver al
pueblo nos molerían a palos nuestros padres
nuestros hermanos jamás van a perdonarnos
somos traidoras polvo escoria renegamos de la
tradición de nuestras madres nuestras abuelas
las abuelas de nuestras abuelas nos rebelamos
contra las costumbres y el silencio eso no se per-
dona no nos lo van a perdonar ahora ustedes
se irán y nosotras qué a lo mejor alguna consi-
gue refugio en el gabacho quizás alguna ¿y las
demás? de aquí para allá como gusanos como
sombras las sombras que ya somos

94

Se dice que esa noche el Chino llegó de mañanita
        a Tijuana,
se dice que la Salvina cocinaba unos tlacoyos
        y oía a los Tigres en la radio,
se dice que Ulises dormía la mona
        en su recámara,
se dice que el Chino lo agarró a cuerazos
        y a cuerazos lo arremetió en la troca,
se dice que el Chino manejó tres o cuatro horas
        en medio del desierto,
se dice que cada vez que Ulises rezongaba
        el Chino le metía otro guamazo,
se dice que en punto de las cuatro
        el Chino se detuvo en medio de la anchura,
se dice que ni siquiera los cuervos revoloteaban
        en el bochorno de la tarde,
se dice que ni los alacranes aireaban sus espolones
        sumidos en su pereza,
se dice que el Chino bajó a su hijo más querido
        y lo arrastró junto a un matojo,
se dice que Ulises no se resistió, no blasfemó
        no pidió clemencia,
se dice que el Chino cortó cartucho y colocó
        la fusca en la jeta de Ulises,

se dice que ni así Ulises se rajó ni lloró
    ni pidió auxilio,
se dice que el Chino apretó la mandíbula
    y cerró los ojos apenas un instante,
se dice que entonces el Chino bajó la fusca
    y al cabo los dos volvieron a la troca.

95

Ahora
sí,
Chino,
te
hundiste.

96

Ni de la Salvina quiso despedirse el Chino
aunque nunca más habría de verla,
dejó a Ulises con su madre, arrancó la troca,
volvió a La Salina y se enclaustró en El Caminero,
apenas salía de su despacho: allí comía,
allí se lavaba, allí echaba la mona,
mustio, alicaído, sin creer en los rumores
que esparcían sus rivales, prisionero
de sí mismo, desoía la voz en sus oídos,
las voz chillona e insufrible del anciano,
¿qué aguardaba?, no una salida ni un milagro,
acaso el final del tiempo silencioso,
al Chino no lo consolaban ni las últimas
hembras dispuestas a servirlo: una hoguera,
la única imagen que veía era una hoguera.

97

Y he aquí que en los campos de San Ysidro
la policía del gabacho halló cuatro cadáveres,
una de ellas se llamaba Laura, la otra Chabelita,
a las demás nadie se acercó a reclamarlas.

Y he aquí que la policía del gabacho
dirigida por una hembra morocha,
latina, recia, dispuesta a jugársela,
rescató a las hembras de El Caminero.

Al Víbora y al Mayo les dieron veinte años,
al resto de los varones nomás los deportaron
al agreste terregal del que provenían,
donde se enlistaron en una nueva guerra.

Un periódico gabacho publicó las fotos
de las hembras y los varones
—víctimas con verdugos confundidos—
todos morenos, sucios, agachados.

98

Ulises
tomó el teléfono:
eso fue lo único que hizo,
una llamada
a Lobato.

99

Las cenizas del Chino,
aún humeantes,
envenenan la tez del horizonte.

Un negro resplandor
que nadie mira.

Y dios dijo sea la luz
y fue la luz.

Epílogo

100

De Alfonso Camargo, alias el Chino,
    nunca se hallaron las cenizas.

Salvina Camargo vive en Tijuana
    y se niega a hablar con los reporteros.

A Ulises Camargo se le busca por tráfico
    de drogas y media docena de homicidios.

Los restos de Luciano, Estrella y Rosario Camargo
    se perdieron en las arenas del desierto.

Rosita Valle obtuvo asilo y hoy vive con sus hijas
    en algún rincón del Medio Oeste.

De las demás mujeres de los campos
    nadie ha vuelto a ocuparse.

Nota final

En 2001 fue descubierta la red de los hermanos Julio, Tomás y Luciano Salazar Juárez, quienes llevaban años secuestrando a jóvenes mexicanas para obligarlas a prostituirse en los "campos del amor", cerca de las plantaciones de fresas de San Ysidro. La familia provenía de Tenancingo, Tlaxcala, una población que, si confiamos en los rumores locales, se ha dedicado al tráfico de mujeres desde la época prehispánica. Esta historia ha inspirado otras dos obras: la ópera *Cuatro Corridos* (2013), con música de Hilda Paredes, Hebert Vázquez, Lei Liang y Arlene Sierra, y libreto de quien esto escribe, y la película *Las elegidas*, de David Pablos (2015).

Índice

I. La tierra prometida   11

II. Los enviados   55

III. El sacrificio   99

Epílogo   141

Nota final   149

Las elegidas, de Jorge Volpi
se terminó de imprimir en septiembre de 2015
en los talleres de Litográfica Ingramex, S.A. de C.V.
Centeno 162-1, Col. Granjas Esmeralda,
C.P. 09810 México, D.F.